아파도 감사하다

아파도 감사하다

아파도 감사하다

아파도 감사하다

아파도 감사하다

시아시인선 **015**

아파도 감사하다

김영환 시집

초판인쇄일 | 2021년 10월 25일
초판발행일 | 2021년 10월 30일

지은이 | 김영환
펴낸이 | 김명수
펴낸곳 | 도서출판 시아북(詩芽Book)

출판등록 | 2018년 3월 30일
주소 | 대전광역시 동구 선화로214번길 21(3F)
전화 | (042) 254-9966, 226-9966
팩스 | (042) 221-3545
E-mail | daegyo9966@hanmailnet

값 10,000원

ISBN 979-11-91108-20-0

아파도 감사하다

김영환 시집

시아북
시아北 kBOOK

과감果敢인가
무모無謀인가

무엇이면 어떠랴!

때때
당당하게 뛰쳐나온
올곧다 생각했던 여러 흔적과

우문愚文 감내할
뒤늦은 처음을 위함이니

성큼
시작詩作들을
시작始作한다

철없는
용기勇氣에게 그저 감사하다

2021년 초가을

김영환

제2부

제3부

제4부

제**1**부

기도

중얼 중얼
중얼 중얼

하늘 중얼
땅 중얼

어제 중얼
내일 중얼

중얼 얼중
얼중 얼얼

봄이 오던 날

초사흘
살강 위에 놓인
햇살 몇
헛발로 미끌다 유리창에 서

늘어진 오후 딛고
팽팽한 눈부심으로
먼저 오니
내 시리던 날 다 어디로 가고
이젠 그대만 살며시 그립다

겨우내
지친 기다림 그리움으로 녹아
귓가에 맑은소리 이리 촐랑거리니
봄이 소리로도 왔구나
오는 계절마다
만나는 물음들 당기고 두드리니
나날 살아내는 건
어쩌면 꼿꼿한 아지랑이

올해도
내 흔들림의 처음은
봄의 그림자 속으로 붉게 숨었다

9월 그 이름으로

살아있는 들판에서
가을을 줍네

나날의 가슴 훔치던 활자들의
상처 난 얼굴에
무슨 꽃을 피울까
하는
초록한 들뜸 함께 하며

치렁한 한숨 걷어 올리는
일기장
스물 하고도 몇 그을린 빛들은
오늘을 이야기한지 오래도 됐지

반복되며
동아줄 꼬듯 비틀려 온 핏줄
안으로만 삼켜 온
남부지방의 약한 기압골

어떤 빛으로도 밝힐 수 없는 밤이 있다는 말은
너무도 오래
살아있었단 말이지
살아있었단 말이지

밤의 서정

곁눈질에 들킨
어제
그 시간이
책꽂이에서 꺼내 준
노트를 편다

손아귀에 움켜쥔
오늘의 이야기 다섯 줄 쓰고
접는
칠월 열아흐레

머리에 꼽힌 생각을
한 빛으로
묶어 놓고는

무덤 같은
침묵 한 봉지 사 들고 서성이는
영시0時의
마당

개구리 울음소리

붓 하나 들고

가슴에

고독이라 쓰고 있다

삶의 노래

땅보다 높지만
지붕보다 낮은 사이로
벌 한 마리
먹이를 찾아
문풍지 울리다
초가을 하늘에 스케치 되다

죽은 나무 골라
잠자리 날개 접는 까닭이
오후 네 시의 햇살에 증발되다
참으로 모를 것은
오늘 -
잡초처럼 무성한 땀방울
핏빛으로 돋고

더러는 먹이사슬
더러
생명을 찾아
젊음이 무덤을 파다

땅보다 높지만
하늘보다 낮은 사이로
울어도 시원찮은
태양이 뜨다

초가을

계절 앙가슴
정갈히 여미는 그대 옷고름

눈치 보던 책 속 이야기
창문 열고

따라
문밖 나서면
시린 별빛에
그리움
하나

님 생각
조일 때마다
여름 떨어지는 소리

오늘은
누굴 위해서
이 어둠 깨우나

약속

서산 거리를 콘돔에다 쑤셔 넣고
백오십 더하기 2 = 0
백오십 더하기 2 = 0

군데군데 기웃거리다
터진 채로
백오십 빼기 2 = 0
백오십 빼기 2 = 0

칠월 스무엿새 날은
자궁 속에 웃으며
율무차 두 잔에 취해
사십 더하기 칠일은 너
사십 더하기 칠일은 너

스물다섯의 노래

낙엽 구르는 날이면
완벽하지 못한 날들이 사랑스럽습니다

그간의 침묵 틈틈이 모은다 해도
이 한날의
넉넉함보다 못함이 고일 뿐

아직은
우리 젊어 기쁜 날
사랑스러운 일들은 너무도 많고

당신은
조건의 단어밖에
설렘으로
설렘으로 다가섰던 언어

필요한 말들은 다 어디에 떨구고
좁다란 기억의
봄

여름, 가을, 겨울, 봄, 여름
그리고
가을 풋풋하게 일궈 온 내 유일의
노래

단지 그대 이름으로만
그대 이름으로만 시리도록 선명한 그 설렘 앞에
나 오늘 부끄럼 버리며 섭니다

참으로
완벽하지 못한 날들이 사랑스럽습니다
하며

전화를 기다리며

1.2.3.4.5.6.7.8.9.0
열 식구 모여

1.2.3
4.5.6
7.8.9
0

      1
  0   2
9   3
8   4
  7   5
    6

집과 집
거리와 거리마다
소리로 일구는 삶들의 텃밭

주어 담을 수 없는 먹물 빛 말들의
수많은 가묘
가을 여백에 각질 되어 떨구는 오후

어떤 소리 하나
불긋한 단풍 골망을 타고
맑은 웃음만 뿌리며 오다

아파트에서

철
커
덕
타 – 악

채
열지 못한 가슴
문 닫는 소리로만
쉽게
만나는 서로

열어도
닫히는 소리로만
우는
앵무새 키우는
우린

오늘도
가슴마다 믿음을 꼽고

타 - 악
타 - 악
철
커
덕

타 -

가을 산행

그대 안에서
이번에도 여러 자유들이 야간 산행을 했지
검고 흰
두 빛깔의 덫에 걸린 잡색 빛으로도 당당히 서서
별별
별들을 보며
감탄사 출렁이는 새벽 4시
좋은 생각만으로도 슬픈 웃음 이리 피우는
의미를
이제서야 알아

눈꽃 덜덜 떠는
대승령의 정상 뜨락
빛들의 잠 깨워오는 열이튿날 동틈 앞에서
탈색된 기억의 환생이 두려워
서두른 하산

탕수동 계곡 힘차게 밟아 내리며
골골 마다

너의 행복을 위한
서글픈 바램 곱게 고이고

울음 속에서도 늘 견고했던 웃음
꺼내 놓으며
허물어지며
행복해야 허느니라 하며

눈에 핏발이 서는 이유

가끔
불빛 사이사이 숨어있는 어둠을 잡으면
뻑뻑한 흰자위 붉게 동선으로 울고
빛들을 먹다
그 작은 곳으로 애틋이 그리운 이
없어도 만들

그렇게 핏발이 섰다

가까이 있는 불빛을 지워야
멀리 있는 그리움 밝은 거
그 기대에 속아
내 모든 하루 껌벅거리다
다시 핏발로 서고

보고픔 풀어 휘저어대며
눈가 곱게 구부려 흠흠 거릴
그럴 그가 그렇게
시월 단풍을 모아 또다시 눈으로 고이고

눈물을 빌려 피던
너의
흑백 무지개

오늘따라
나는 겹겹 서럽다

비가 내리던 날의 비가悲歌

판판이 통통한 살이 찐
논
일기예보 쪼아 먹으며
상심들 모여 몸을 불리던 밤

"엎친 베에 싹이 날 텐디"
밤새 울 엄만
내내 끕끕한 마음 베고 누워
서둘러 걱정 꺼내는데

10층 베란다
화려한 불빛을 펴고 자시子時를 걷는
의식들마다
비는 내 통제의 문을 맘대로 열고
풍성한 한숨 신나게 밟으며

내리
내리고 있다

꽃은 소리로 피지 않는다

꿈들이 사라지는 곳마다
푸른빛으로 되살아나던
꽃

향기로
굴곡진 슬픔에 선명한 꽃이 피었다

꽃은 소리로 피지 않는다

선

날마다
선을 긋는다

가늘었다가
때론
점이었다가

높고 낮음
짙고 옅음의 아슬한 투영을 호흡하며
일상을
쓰고 지우던 경계를 긋는다

기쁨보다 미움으로
배려보다는 욕심으로 베어져
아프게
흩어졌을 시간들

울음
기웃거린 새벽

나에게 손을 내민다

그어질 수 있는
여백

때론
돌아갈 수 있는 것은
얼마나
다행스러운 일인가

개심사에서

비 내리던 날
어설픈 새벽을 열었습니다.
몇 번씩 바람에 씻겨나간
그리움들이
연초록 들뜸 행여 멍들까
오는 듯
아니 오는 듯
빗물 되어 돌아와선
잠들지 못한 내가
잠들지 않은 님에게 갔던 시간을
절절이 흔들어 슬픔으로 피웠습니다

아무리 고운들 아픔이기에
오늘도 부치지 않을 편지를 씁니다.

이정표 앞에서

길을 가기 위해 멈추는 것은 멈추기 위해 가는 것보다 슬프지 않습니다 힘들다 누울 수 없다 허리 굽혀도 안 되지 바람 탓 핑계를 대며 몸을 틀 수도 없어 없음보다 못하다고 지워질 수 없고 망설임에게 확신과 믿음을 주며 멈춤은 언제나 살아있어야 하는 것, 나이 사십은 바람 없이도 흔들리는 이정표, 마음으로 몇 번 묵묵히 쓰러지며 변화를 비키던 흔적, 살아야 하는 삶들은 의식의 촘촘한 틈으로 새롭게 걸러져 다른 이정표들을 세울지도 모르겠다는 소망, 낯선 바쁨 그것이 옳은 건지 설렘 겸허히 빌려 다가섰더니,

설익은 내일 서둘러 도망칩니다

매미

집에 어찌 왔는지 모르겠습니다
매듭 풀린 생각들이
어찌나 큰 목소리로 울어대는지
따라 얼마나 울고 싶은지
빗나간 하루가
1년보다 더 길게 늘어진 하루가
버려진 기억을 물고
따라 들어와
울컥한 가슴으로
느슨한 의식으로
가난한 하루를 비웃고 있습니다

이젠
허름한 시간
저만치 밀어 놓아야 할
울음 따라
거둬들이던 늦여름
잔소리마다

생의 껍질 뜻 없이 만들고
또 하나의 울음 조용히 지우다
이른 새벽
바람 따라갈 채비를 몰래 합니다

간월도

다가서며
조금씩 깊어지는 건
애틋한 그리움으로 하나 되는 것이라서
차를 마시면 차가 되는 이
음악을 들으면 음악이 되는 이
이런 사람들의 여백에는
서로가 놓고 떠난 온도로 하늘과 바다를 넘나드는
일렁임이 있다

가끔씩 누군가의 이야기 속에
내렸던 것은
네게로 향한 다가섬이
내 안으로 들어오려는 것

흐를 곳 없는 기다림
가부좌 틀고
사랑 화두 쉽게 허물어 숲으로 숨던
간월도 파도엔
종일 그리다 멈춘 내 그리움이 있다

제2부

선풍기

선풍기 바람에 밀린
파리가
유월 장마에 젖은
여름을 말리고 있다

세상이 눅눅히 젖은 건
둘만의 언어
낮은 흐름으로만 다가서던 하루는
그렇게 여전히 건조하다

습한 회전을 견뎌낸
젖은 세상이
이젠 날개를 버린 선풍기를 말리고 있다

선택

꽂히다 만 햇살
바람 비껴 지날 그곳엔
날 선 고집 하나 있다

더 무엇을 베려는지
종일 말다툼 무성히 내리고
잿빛 웃음의 무게 한참을 잘라낸 하루

낯선 길 위로
휘어진 선택 쌓이고
길가엔
엷은 빛들의 또 다른 길이 숨어들고 있다

가을

이미 흐린 인연인 줄 알았는데
세월 다독이는 설렘으로 오니
대접 소홀치 못할 그대라 치면
거듭 사랑 말한들 아깝지 않네

딸꾹질

할아버지 생신 상 차려놓고
이웃 어르신 모시려
꼬불 길 마구 내달리던
아이처럼

푸른 새싹들
천색千色으로 만심萬心으로 달려왔다가

연어처럼
다시 회귀回歸할 곳으로
돌아서는데

글 복福 찾던
중년 사내

내리막길에 들른
시화전詩畵展에서

가을볕에 밑간 된

글맛

몰래 보시다 딸꾹질도 하시다

질문

당신의 뇌에
서툴게 저장된 생각
아랫사람은
무엇의 아래를 말씀하시는 건가요?

당신의 일천 수백억 개 신경세포
그 복잡한 회로가 토해 낸
높은 사람은
무엇보다 높다는 말씀이신지요?

낮음은
더 낮은 것보다 높고
높음은
더 높은 것보다 낮은 것을

알면서
모르는 척하시는 건가요?

아니면

정말 모르시는 건가요?

설마 ……,

카푸치노를 저으며

거품을 밀어 올린다

동서남북
사계절 돌리면서
가슴을
비워서야 바로 서는 흔들림

깊이를 감춰 버린
서로는
이리도 가까이 돌고 있었구나

깊이를 피워 올린
향기는
이리도 가까이 스며들어 있었구나

늘 궁금한 깊이에 대한
의문의 밧줄
찻잔 속으로 늘이다 보면

팽팽해지는 긴장을 들고
줄 타고 올라오는 사람들이 있다

해맞이

터어엉

비워지는 소리인가
비워내는 소리인가

가야산 석문봉에
해가
바뀌는 날

가슴에 떨어지는
시작 하나

친목회

떠난 사람은
떠난 적이 없고

자주 마주하는 사람은
이미
떠나 있음을 확인하는 날

숨바꼭질

잎들이 떠나면
당신이 숨긴 달 뜨고
내 소리
어느새 노랗게 숨었네

허튼소리 삼백 육십오
하루 하나씩
말과 뜻도 숨었지

동선動線을 들킨
해日
서성거리면
달달 볶이는 일상으로
연약한 자유
미리 숨죽이는데

누군가
잘 갈린 햇살 하나
잘도 숨기네
잘도 숨었네

휴일

아파트 계단을 내려오는
아이의 밝은 표정 하나
올 처음
뒤늦게 훔친 날

바람

낯선 것들을 지나온 자리
발자국만 남고
그 흔적은 생의 흐름 사이를 건너는 디딤돌
마다마다 올곧은 징검다리로 서리니

지워질 것이나
새겨질 것들의 시작은 점 하나
소소한 빛이어라!

함께하는 인연
어떤 시작이 님의 마무리였음을

모든 이들이 고맙고
모든 지남이 그리울 즈음
또 하나의 마무리는 님의 시작임을
시작이었음을

한 해를 보내며

겨울은
생명의 온기 자욱한 그림

붓과 물감이 만나
그 연약한 인연 힘차게 보듬고
거리 곳곳의 이젤에 기댄
지천으로 걸리던 희망

정말이지
겨울은
따뜻한 물음표 우거진 숲

올 낙엽엔 소 한 마리 힘차게 발버둥 치다

퇴근길

방황의 길목마다
불만으로 지은
포장마차 하나

각각의 빛깔로 앉아
제 몸 잘라 안주 삼아 소주 한 잔에 취해
네 탓
내 탓
그러다 머리 좋은 놈 하나가
조상 탓이라 하고
조상들은
하얗게 질려
과거와 미래를 훔쳐 주지만

이들의 꿈들은
계속 취하여 가고

술을 파는 나를 못 본다

빈 하루

말 한마디
너무 차가워
따뜻한 말씀 드렸더니

너무 덥혔구나
쉽게 흔들렸구나

뜨거워
식힐 수 없는 사랑
내리던
하루

아프면서 오네
텅텅 비어서 오네

희망

이 어둑한 밤에
부식된 감정을 빌려 깨어나
일정한 간격을 찾으며 허물어지는
선 하나가
타원과 또 다른 타원을 만나
환하게 밝은 틈틈이
이제는 눈을 뜨건 안 뜨건
또렷한 절망 모두 떠나길 바라다 아침을 맞다

와르르
균형 깨지고
새살 돋듯
새로운 균형 세워지는 소리

빛보다 소리로
기운찬 당황이 앞서고
이 새로움은
정말이지 설렘 만드는 작업

작업실에선

박제된 희망 키득거리며

언제든 웃을 확신을 쥐고 아침 내내 출발을 하다

이차방정식

슬프게 웃었다
웃음 같이 울었다
지켜보던 웃음들이 따라 울었다
웃음은 어디까지가 진실인가
울음은 또 어디까지가 사실인가
등 돌린 날들이
차마 떠나질 못하고
마주한 사랑
힘차게 보듬지 못하는
사실보다 더 사실 같은 눈물이
메마른 웃음의 골을 타고
삶을 오르내리고 있다

새벽은 여는 것인가
열리는 것인가
우리는
물빛들이 다시 물빛으로 돌아올 때를
그리워하는 것이 아니라
서로 그리운 것

건조주의보 속으로
빗방울 하나 성큼 들어섰다
이젠
버틸 수 있을 만큼만 사랑해야 하는가

홀로 크는 이야기

쉬운 이야기들이 너무 어렵게 나왔다
결국 이렇게 만나는 거였다
골짜기를 벗어나지 못한 메아리는 스스로 묶여
뛰쳐나갈 연습만 하고
생각은 담아내지 못할 이야기들을 너무 빨리 키워냈다

나무들은 희망을 들고나와
숲속에서 바다를 마시고 바다를 토해냈다

어쩌겠는가
용기들은 철 지난 수첩에 숨어든 지 오래고
웃자란 나무들이 바다를 버리기 시작했다

집에 돌아와 생각하니
우리 이야긴 하나도 없었다

푸른 바람은
서로가 서로를 바꾸며

바뀌며
이제는 기다림이 되었다

돋보기

자꾸 흐려집니다

세상사 문득 애틋하여
가까이 당겨보려는데
멈칫멈칫
저만치 거리에 서야 선명하데요

다가가고 밀어내던
넘어지고 일어서던
수많던 생채기
적당한 망설임의 통로를 지나서야
제법 또렷한 초점으로 잡힙니다

눈, 코, 입
기특하게도 몸뚱이는
의식보다 먼저
멈출 준비를 하고 있었군요

팔팔하던 여유
갑자기 아슬아슬합니다
헌들
방법이 있겠냐 마는

가야 할 길
보아야 할 내일이
짧아지고 줄어든 거

그거 인정하고 받아들이면
기분이
좀 나아질까요?

소중한 인연의
돋보기가 되고픈 날입니다

낮달

낮달이고 싶다

낮달처럼 숨어
어둠의 주인보다는
어둠을 비워낸 푸른 하늘에 혼을 흠씬 담그고
그림자까지
없는 듯 살아가는
그런
하루이고 싶다

제3부

지우개

세월이 건드린
삶의 멍 자국
지우개 몇 번으로 흐려지고 싶다

영악한 숨김의
수정액보다는

아쉬웠던 지난날의
눌린 흔적 남겨주는 지우개

잊힘의 아픔과
여전한 그리움을 앞에 두니

쉰 즈음의 나랑
아슬한 숨바꼭질을 하고 있다

소풍 가는 날

오월 십 일일 소풍 가는 날이
하루에 두 번
막내 아이 손가락 안으로 숨는다

손가락 하나씩 접으면
설익은 채 끌려 나오던 소풍 가는 날

갓 태어난 송아지처럼
귀엽게 비틀거리는
막내 아이의 파룻한 기다림 곁에선

엄마의 추억이 계란을 삶고
아빠의 추억은 그리움을 익힌다

잃어버린 것이 아니었구나!

잊어버렸을 뿐인 삶이
시간마다 뿌리를 내리던 사월 스무날

막내 아이가 접다 만 기다림이
집안 틈 틈
종일 사랑 꽃으로 피었다

숙제

선생님이 되고 싶은
내 동생
처음으로 숙제하던 날

고개 들고 대들더니
책상 위에서 꾸벅꾸벅

똘똘하던 녀석이
노트 위에서 삐뚤빼뚤

바라보시던 우리 엄마
하시는 말씀

'큰 애야! 동생보고 자라고 할까?'

안타까운 엄마 마음
이리저리 안절부절

꾸벅이던 고개
멈춘
동생의 웃는 얼굴

벌써 꿈속에서
선생님이 되었나 봐요
숙제를
내주고 있나 봐요

시간

생각이란 것
말이란 것
이 모든 것이
너로 인해 비롯되는 것

때론
이런 느낌들이
고스란히 나의 자유가 된다

시간이 걷고 있는
상념의 비탈마다
흐린 빛들이 모여 나이를 이야기하며

사는 게 별거던가

겨울바람 속에서
또 다른 겨울로 서 있는 바보처럼
흐르는 물처럼
바람처럼

늘 현존하는 듯하면서도
자리하지 않는
너

서로는 날마다
비 맞은 햇살에 복사되고 있다

친구

만나면
동여맨 침묵
흥건히 풀어

위로받고
위로해주는 일

가끔씩
웃음으로 답해주는 일

돌아설 때까지
한껏 맘 털어놓던 자리

움츠렸던 믿음
싹 틔울 때까지

그렇게
고맙다 하며
다 주어도 아깝지 않을

친구 밀어 보내고

집으로 돌아오던 길

어설픈 밤이 한잔 더 하자 조르고 있다

성장통

선불리
다가서지 말 것을

마음 한번
이리 깊게 놓이게 될 줄은
나도 몰랐네

상념想念으로 채운
소주잔엔
여러 생각 싸우는데

내 안의
바람
깊이와 넓이를 더했구나

어떤 승급

오늘도
소독제를 바르고
악수를 하는데

오랜
인연들이 소독되다

반가운 분이
주먹을 부딪쳐 오고

정情들이
살짝 멍이 들다

건네는 말마저
마스크 간신히 빠져나가는데
모둠으로 엉망인데

2년 차 코로나 19
당당히 승급 준비를 하다

10월 애哀

슬픔의 날 선 각도를 오르내리며
하늘을 놓던 날
메마른 계곡 물소리 소리 내어 울고
지켜보던
잡목들도 중심을 잃었다

덜 고단 하라고
날짜 정하시고
시간 정하시고

덜 서러우라고
편안한 모습으로 그리 가신
마지막 배려

이제 마음자리에
들숨 날숨이 드나드는 입구에
장승처럼 계시다

누루 황 고운 베옷 입으시고
바스락이던 의지 놓고 허망하게 떠난 자리
늦가을 비 다녀간 후
바삐 서두르던 바람
숨 고르던 그곳에 첫눈 곱게 내리던 날

어디선가
다시 꿈꾸기 위한 꿈들이 헛발질하고 있었다

할미꽃

살아
내실 적

어디든
독하게 내리 꽂혀야
사느니

손발
칡뿌리처럼 구부려
자식 걱정 일구며
고된 생
내내 홀로 보듬다가

시월 찬바람 따라
덜컥 산으로 가시더니

사월
햇살 좋은 저녁
부끄러운 듯

고개 숙이며
할머니 되어 오셨네

나도 모르게
무릎 낮추며
얼른 다가앉아

꽃으로도
펴지 못하신 허리
손 내밀어 보듬다 보면
옹두리 아픔도
이리 그리울 수 있구나

어머니...

자주색 외 벌
옷 하나로
사월
한참을 머물다

슬픔

내려놓고

또다시 가네

산으로 가시네

꿈

손대지 않은
달빛
읽어보다가

술 한잔
힘들게 매달았는데

어느 곳 계시길래
지나온 시간
끌어다 놓고

지워진 날
부르려 하는지요

버렸던 사랑
끌어안으며

밤마다
그리움을 띄우는지요

마감하다

약속한 시간
다가오는데

행간行間 사이로
졸음 데려와

비몽非夢
멍 때리게
해 놓고는

사몽似夢이 곁을 떠났다

모래시계 다시
뒤집으면
몽몽夢夢하던 탓 긴장을 하는데

문제는
이 낯익은 반복

오늘 밤 열두 시
그 반복을 마감하다

오이미역냉국 만들다

모처럼
6146 레시피 보고 식초를 넣는데
초파리 두 마리 찾아왔다

신 식초가 불렀나
쉰 나이가 불렀나

오이미역냉국에
유난하던
코로나 19의 견딤을 담그다가
답답 턴 한여름을 담그고

신맛이
쉰 맛이 되는
내 나이의 레시피를 만든다

혀보다 코를 먼저 찾는
냉국의
의도가 한참을 불안한 데

낌새 보던
쉰의 나이 조용히 뒷걸음질한다

에라 망상妄想

앞에 설 때마다
고갤 숙여 왔는데

평온 턴 마음은
발끈 허릴 세웠었더라

고것들에
놀아난 시간 한참이 아까운 들
이미 떠난 인연이라

굽히며
세워야 할
끕끕한 공유
대충 가늠질 하다 보니

고것 참!
얼마 남지 않았더라
싹 틔우는 만만다행萬萬多幸

신축년 칠월의 새새틈틈
같은 생각들 모여
시원스레 뱉은 말씀 중 하나

에라 망상妄想아

다육이 꽃

벌
찾지 않아도 넌 꽃이다

꽃대 내민들
몸통을 위해 잘려야 할

물기 많은 사연
듬뿍 숨긴 슬픔이다

삶도 그렇다

나날 살아내는
누구에겐
핀 적 없는 꽃

지고
지고
또 지는 삶들도

힘들고 지친
몸짓으로 만들어 낸 꽃이다

늘 피는
꼭 피어야만 하는
꽃이다

잎새에게

분명 나도 푸른색이었다
산빛과 함께 하던 싱싱함이었고
그늘도 만들 줄 하는 어울림이었다

매년 떠남을 반복하던
나뭇가지에
갓난아이로 찾아와서는
아버지가 될 때까지
열심히 햇빛을 구걸했어도
나무란 걸 의심한 적은 없었다

그렇게 두어 계절
단단한 기둥 만드느라
나를 잊었는데
이제 떠나라니

자존감 머문
싱싱한 잎으로 툭 떨궈지고 싶은데
빛 다 지워놓고

무게 다 내려놓고
바람 따라 떠나라니

원효봉 중턱
어느 자식의 고려장처럼
내몰린 낙엽들이 밤새 투덜거리는데

상가리 배추밭에는
첫서리가 서둘러 내리고 있었다

사라짐에 대하여

며칠 전부터
걱정들이 쌓이기 시작했다

작위적으로 흘린
소문을 따라
연어들처럼 치고 올라와
의도한 양만큼
관심들이 쌓여만 갔다

용현계곡 주차장
어둠을 열며 시작된
가야산 팔자 종주

어둠을 헤쳐 해를 띄우고
끝내 어둠을 이끌고 되돌아온
주차장에는
간신히 지켜낸 자존감이 헐떡이고 있었다

걱정들에게 미안해지기 시작했다

오십여 나이 속으로
아직은 감당할 거라던
장담과
고집 하나가 사라져 갔다

무정란

시월의 마지막 날 밤
허물 하나가 또 늘었다

닭띠 사내가
시를 낳지 못한 까닭이다

갈등

날씨가 수상한 틈을 타
필요한 시간
데려다 놓았더니

길 잃은 바람이
곳곳을 흔들고 있다

생략되는 생각들
틈틈이
황소바람 넘나들고

오늘은
나도 흔들리는 바람이 되고 싶다

인연

꽃은
필 때 예쁘고
잎은
질 때 아름답더라

그 느낌 담으려
다가가 가만히 지켜보면
남몰래
나를 담아가던 꽃들의 반란斑爛

꽃 이야기 어디로 가고
단풍 이야기 지천地天일 때는

세상 어디에도
담기려 하지 않고
나를 담아가는 잎들의 저 슬픔이라니

생각이
생각을 만나 꼬리를 문다

어제의 꽃이
해와 달처럼 피고 피었는데
오늘의 잎사귀는
낮과 밤처럼 지고 지는데

절반쯤 닳은 손금
뾰족이 세워
하세월何歲月 써낼 수 있는 만남이라면

그 인연 하나
그대였으면 좋겠다
그대였으면 좋겠다

제4부

한증막에서

초침과
분침과
시침

다 함께
쏟아져 내리는 호리병

잘게 부서진
시간
조절하는 그 허리를
통해

마지막 시간
떨어질 때까지

한증막 찜질방엔
승부욕만
홍시처럼 익어갔다

신호등에서

붉은 신호등 위에
초승달이 걸렸다

한참 기다린
푸른 신호등의 슬픈 출발은
흐린 달빛에
눈물 모종을 심는데

뒤에서 울려대는 경적
앞에서 달려드는 불빛

날 선 독촉들은
헛소리가 큰소리가 되고
헛발질도 발길질이 되던
오늘 하루와 많이 닮았다

밤새 잉잉 보채던
고장난 하루

운수 좋은 사내의 밤을 노리다
간신히 잠이 들다

숨은 그림

누군가의 자리엔
텅 비어 있고

누군가의 자리는
가득 차 있지만

텅 텅 대나무
굽으며 오르지 않고

꽉 찬 소나무
꺾이며 흔들리듯이

가까이 있기에
기쁨인 줄 알았는데
아픈 마음이다

멀리 있기에
무심인 줄 알았는데
절절한 사랑이다

아닌가?
하며

서둘러
돋보기를 들이밀다가
가끔씩은
아픔이 사랑이 된다

요즘은
살아내는 일들이
숨은 그림 속으로 숨었다

대나무

걸어온 흔적의 텅 빈 곳
비워내야
더 큰 울림 만드는 거라고

힘껏 당기고
당긴 만큼을 다시 밀어내며
마디들이 서둘러 말합니다.

관계라는 것이
서로를 쉬이 선 긋기 어려워

때를 스스로 찾아
일정의 세월을 잊지 않고
아픔 참아내며 두툼한 마디로 솟아
한 뼘 거리를 정리하는 거라고

내 걸음으로 다시 돌아와
흘러가려는 거
비워가려는 거

그래서
더 채워지려는 거

이제는
생각 하나 돌려놓고 막힘
넉넉히 풀어내면 될 일입니다

미리 보는 유월

찾아든 꿀벌에
묵언默言 중인 들꽃
놀라서 피고

게으름만 바쁘던
경자년의 똘똘한 하루

투박한 아침부터
허튼 저녁까지
한쪽 욕심내지 않는 저울추의
초닷샛날 균형均衡

해시亥時 찾아든 헛소리에
알고 있던 정답을 지우다

떳떳하던 생각마저
스스로 충돌하며 지쳐가고

한쪽에선
말씀과 무응답
그 사이
흔들리며 혼자 슬픈데

갑진년 유월의 해답解答은
날이 바뀌기 전
오늘의 질문 서슴없이 버리다

다시 산수리에서

몰래 떨어지는 별똥에도
주렁주렁
소원 저리 매달리는데

유월이면 찾아오는
그대
여전히 홀로구나

꽃이
소리 내며 피더냐
소리 내며 지더냐

그까짓 거
곁의 꽃들 따라
너도 맘껏 피고 지거라

오려거든
절절히 그리운 꽃으로 와서

한참을
피고 또 피는
그리움으로 머물다 가라

부춘산에서 길을 보다

키 크다는 친구
용팔이 보다
100배도 더 높은 부춘산 정상에서

흔들리며 살아 낸 흔적
되돌아보니
내려갈 방향 이미 선명한데

산 아래 골방 안 몇몇은
철 지난 뉴스 들으며
남들 노선 색칠에 분주하다

봉수대에서 전망대까지
저 구간
아무리 걸어봐야 육십이거늘
서너 걸음 앞두고
안쓰러운 기대 몇이 나를 세운다

어쩌랴!

또다시
흔들리며 내리다 멈춘
서광사 대웅전 앞

종일 다 비웠다던 욕심
불쑥 튀어나와
풍경 소리 향해 합장한다

아파도 감사하다

방금 도착한
당신의 말씀
반갑게 맞이하니

말과 행동이 다른
얘기 한 줄
여럿의 시기猜忌 감추고 있네

바쁜 틈 쪼개며
땀으로 이뤄 온 노력은
터무니없는 이야기 향해
발길질하지만

생각해보면
결과는 늘 현실이었고
틀림 지워내던 다름이었는 지라

그가 전한
허튼 바람의 질투는

진즉 버린 꿈이 가져다준
또 하나의 아픔

이런 오늘은
아파도 감사하다

송곳

우리
다시 만나야 할
인연이라면

갈고 날 세워
서로의 주머니 속을 찾는
송곳이 되지 않기를

바른 시선으로
녹슨 감정 풀어내는
드라이버이기를

가벼운 헛소리에
요동치지 않는 깊음과
몇몇 장난질에 흔들리지 않는
넓음이기를

머잖아
다시 만날 서로라면

정말
만나야 할 인연이라면

2인칭 길을 잃다

내가 안 가는 길을
그가 가고

그가 못 가는 길을
내가 간다

평행선 사이
툭 툭 채워가던
상처 난 서로의 결백潔白

다툼의 종점을 지키던
고집 몇
생生 다하던 팔월 그믐날

동명同名의 2인칭들은
밤새워 서로의 길을 찾는데

어떤 사람은
날마다 잃은 길을 간다
날마다 잊은 길로 간다

말장난

쉰 언저리에
할 수 있는 유일한 장난

때마다
부끄러운데

자꾸 시작되는
말ㄹ의
불안한 탈출

농담
잔뜩 밀렸는데
받을 그 사람 떠나고 없네

예순 언저리만
빨리도 오네

상견례 자리

달아나는 마음과
쫓아가는 마음이

택일을 위해
만나야 할 장소

추풍선秋風扇

철 지난
꽃

철 지난
과일

철 지난
옷

지난持難하여
지난至難하다

철철

철이 든
나

재미있는 날

똠방각하의
어깨 뽕
유난히 눈에 띄던 날

어깨,
걸음,
눈빛으로 몰려버린
뻣뻣

각하閣下의
헛심
과부하過負荷를 보던 날

맨 글

밝고
맑은 향 묻어나는
맨 글
썼으면 좋겠다

어둡지 않고
아프지 않은 원고지
칸 칸 그어진 네모에 놓일 생각들

펜
펜이 비벼대는 종이
종이를 채워가는 잉크
잉크를 바라보는 그 눈빛으로

맨땅에서
맨발로 만나던 날 살아 돌아와

땅 뺏기 놀이
놀이처럼

좋은 글 가져오는 날
그날

날마다 그날이었으면 좋겠다

전시실에서

축하하는 마음
걸려 있고
고여 있고
쌓여 있는 곳

시작보다 더 빠른 발걸음에
꽃도 피고
달콤한 향도 나고
더러 냄새 고약하지만

수시로
사라지고 살아내는
감사한 말씀

작품들의
첫날 집들이마다 달려와
손가락 하트-
카메라 셔터를 누른다

웃음꽃 앞에 두고
파이팅-
힘찬 시작을 누른다

착각을 허許하다

너보다
나
훨씬 더 크다는
생각

착각인가?

이리저리하다
상한
자존감

하여
얼릉 착각을 허許하다

첫 시집의 기쁨과 설레임

- 김영환의 『아파도 감사하다』를 읽고

김완하(시인, 한남대학교 교수)

<해설>

첫 시집의 기쁨과 설레임

- 김영환의 『아파도 감사하다』를 읽고

김완하

1.

첫 시집을 내는 시인의 마음을 나는 잘 알고 있다. 그것이 이르거나 늦거나를 막론하고. 이 세상에 태어나 시를 쓰며 시인이 되어 문단에 오르고 이어서 첫 시집을 낼 때. 그 마음에 이는 진한 떨림과 설레임을 누구보다 잘 기억한다. 나에게도 첫 시집을 내던 순간의 경험이 오롯이 살아 있기 때문이다. 어쩌면 그 기쁨이 지금까지 내가 시를 써오게 하는 것인지도 모르는 일이다. 그런즉 첫 시집을 내는 김영환의 기쁨에 나도 함께 공감하고자 한다. 그리고 그 기쁨에 동참하여 그의 시가 걸어온 길을 함께 다시 걸어보려 하는 것이다.

김영환의 시는 자연에 대한 관심으로부터 출발하고 있다. 이것은 그의 시에 서정성이 풍부한 배경이 되기도 한다. 그의 시는 매우 감각적이라 할 수 있다. 시적 언어의 감칠맛이 있기도 하다. 시적으로 상당히 정제되어 있다. 또

한 그의 시는 시간에 대한 인식이 깊이 반영되어 있다. 그의 시는 계절의 변화를 비유적으로 담고 있는데, 이는 그가 삶의 성찰을 바탕으로 하고 있다는 반증으로 볼 수도 있다. 나아가 점차 자연으로부터 인간과의 관계에 대한 이해로 확장되어 간다.

첫 시집의 의미는 완성보다 가능성과 미래에 대한 예견에 무게 비중이 있다고 하겠다. 김영환 시집의 시 가운데 수작秀作으로 읽히는 8편을 통해 그의 시 세계를 가늠해보고, 그의 첫 시집이 선사해주는 신선함과 설렘을 살펴보고자 한다. 이로써 그의 시의 내일을 짐짓 내다볼 수도 있을 것이다.

우선 그의 시집에 있는 「봄이 오던 날」 전문을 읽어보자. 무엇보다 시집 앞쪽에 수록되어 있는 작품으로 시인의 시세계 전모를 발견할 수 있기 때문이다.

초사흘
살강 위에 놓인
햇살 몇
헛발로 미끌다 유리창에 서

늘어진 오후 딛고
팽팽한 눈부심으로
먼저 오니
내 시리던 날 다 어디로 가고
이젠 그대만 살며시 그립다

겨우내
지친 기다림 그리움으로 녹아
귓가에 맑은소리 이리 촐랑거리니
봄이 소리로도 왔구나
오는 계절마다
만나는 물음들 당기고 두드리니
나날 살아내는 건
어쩌면 꼿꼿한 아지랑이

올해도
내 흔들림의 처음은
봄의 그림자 속으로 붉게 숨었다
- 「봄이 오던 날」 전문

위 시는 겨울을 딛고 봄으로 드는 시간의 정서를 순간
적인 포착으로 전개해 가고 있다. 이 시는 시인의 봄에 대
한 기다림과 그리움을 드러내는 것이다. 시인은 시에서 우
리말에 대한 관심과 정감을 강조하고 있다. 가령, '초사흘,
살강, 햇살, 헛발, 미끌다, 촐랑거리니, 나날' 등에서 알 수
있듯이, 그의 시어는 쉬우면서도 우리말의 어감과 의미에
더 가깝게 접근하고 있다는 점이다. 그 중 하나인 '살강'
은 부엌의 벽 중간에 가로로 기다랗게 드리운 선반을 말
한다. 그 위에 놓여 있을 그릇과 각종의 도구들이 겨울의
침묵으로부터 깨어나는 모습을 눈에 선하게 보여준다. 그
만큼 그의 시는 시각적 이미지에도 주력하고 있는 것이다.
그러한 점으로 김영환의 시는 독자들과 다채로운 교감

을 꾀하고자 시도한다. 그의 시는 오감의 세계를 활짝 열고 밖으로 펼쳐가는 봄의 신선함과 설레임을 나타내고 있다. 그가 시각과 청각, 촉각과 후각, 미각 등으로 장식하고 있는 시세계 안에서 독자들은 서정의 편안함과 정겨움을 느낄 수 있는 것이다. 바로 이 점에서 그의 시는 독자들과의 만남에 강한 힘을 발휘하는 것이다.

> 다가서며
> 조금씩 깊어지는 건
> 애틋한 그리움으로 하나 되는 것이라서
> 차를 마시면 차가 되는 이
> 음악을 들으면 음악이 되는 이
> 이런 사람들의 여백에는
> 서로가 놓고 떠난 온도로 하늘과 바다를 넘나드는
> 일렁임이 있다
>
> 가끔씩 누군가의 이야기 속에
> 내렸던 것은
> 네게로 향한 다가섬이
> 내 안으로 들어오려는 것
>
> 흐를 곳 없는 기다림
> 가부좌 틀고
> 사랑 화두 쉽게 허물어 숲으로 숨던
> 간월도 파도엔
> 종일 그리다 멈춘 내 그리움이 있다
>
> - 「간월도」 전문

이 시는 시인이 바라보는 대상과의 동일성을 통해서 그리움의 정서를 드러내고 있다. 시인의 '간월도'라는 대상을 통한 자연의 그리움과 기다림이 매우 간절하다. 자연의 대상으로 다가오는 '간월도' 그것은 그 자체 객관적으로만 존재하는 것이 아니다. 그것은 누군가에 대한 그리움을 촉발시키는 계기를 부여하고 있다. 이 시를 읽으면서 우리는 거리距離의 미학을 발견할 수 있다. 대상과의 공간적인 물리적 거리와 심리적 거리의 연관성을 통해서 그리움의 깊이와 애틋한 정서를 표출하기 때문이다. 그것은 "다가서며 / 조금씩 깊어지는 건 / 애틋한 그리움으로 하나 되는 것이라서"에 잘 드러나고 있다.

독자들 대부분은 간월도에 가서 달을 바라보았던 적이 있을 것이다. 기암괴석 사이로 밀리는 진한 바다 내음을 맡으면 둥두렷이 떠오른 달의 모습에 시선을 고정시키게 되었을 것이다. 둥그런 달에서 흘러내린 빛이 주변으로 쏟아질 때 모든 것을 잊어버리고 그 빛의 황홀경에 빠졌던 경험이 있을 것이다.

이렇듯이 김영환 시인의 첫 시집 『아파도 감사하다』는 자연을 대상으로 동일성을 추구하며 독자들을 서정의 깊은 세계로 빠져들게 하는 것이다.

2.

김영환의 시는 주로 자연 속에서 표현의 대상을 취하고 그것을 중심이미지로 시세계를 형상화하고 있다. 이 점에서 그의 시는 전통 서정시의 흐름을 충실히 따르는 것이다. 그것은 바로 자아와 세계의 동일성을 추구하는 문법 위에 전개되기 때문이다.

> 벌
> 찾지 않아도 넌 꽃이다
>
> 꽃대 내민들
> 몸통을 위해 잘려야 할
>
> 물기 많은 사연
> 듬뿍 숨긴 슬픔이다
>
> 삶도 그렇다
>
> 나날 살아내는
> 누구에겐
> 핀 적 없는 꽃
>
> 지고
> 지고
> 또 지는 삶들도

힘들고 지친
몸짓으로 만들어 낸 꽃이다

늘 피는
꼭 피어야만 하는
꽃이다

- 「다육이 꽃」 전문

이 시는 '다육이 꽃'을 핵심이미지로 하여 기법으로는
의인화와 은유를 중심으로 형상화하였다. 이른바 자아와
세계의 동일성을 추구하는 전형적인 방식인 것이다. 우리
에게 삶은 대부분 조건적이거나 선택적이지 않다. 어쩌면
무조건적이고 그래서 시간을 따라 앞으로 나아가야만 하
는 것인지 모른다. 그러므로 우리는 스스로 힘껏 일어서
세계와 직면하고 현재를 뛰어넘어 미래를 향해 자신을 던
지며 삶을 일구어내는 존재이다. 이 점에서 인간은 기투企
投된 존재라고 하였다. 시인은 선인장류의 식물을 통해서
우리 삶의 속성을 은유적으로 형상화하는 것이다.

이렇듯이 자연을 대상으로 시인은 사물에 대하여 의인
화와 은유로 접근하였다. 시간의 변화를 따라서 꽃이 피
고 지는 것을 우리 생의 이법으로 연결시켜 놓았다. '다육
이 꽃'은 벌과 나비들이 떼로 몰려드는 꽃들의 화려함이
나 가치와는 다른 것이다. 그것은 화려함보다는 스스로의
내적인 완성을 추구하려는 시인의 자의식을 반영하고 있
다고 하겠다.

분명 나도 푸른색이었다
산빛과 함께 하던 싱싱함이었고
그늘도 만들 줄 아는 어울림이었다

매년 떠남을 반복하던
나뭇가지에
갓난아이로 찾아와서는
아버지가 될 때까지
열심히 햇빛을 구걸했어도
나무란 걸 의심한 적은 없었다

그렇게 두어 계절
단단한 기둥 만드느라
나를 잊었는데
이제 떠나라니

자존감 머문
싱싱한 잎으로 툭 떨궈지고 싶은데
빛 다 지워놓고
무게 다 내려놓고
바람 따라 떠나라니

원효봉 중턱
어느 자식의 고려장처럼
내몰린 낙엽들이 밤새 투덜거리는데

상가리 배추밭에는
첫서리가 서둘러 내리고 있었다

- 「잎새에게」 전문

이 시는 자연으로서의 대상으로 '잎새'에 견주어 우리 삶의 순간성을 비유적으로 드러내고 있다. '잎새'의 성장과 퇴락의 과정을 통해 자연의 계절적 순환을 그려 보이는 것이다. 시인은 나무나 숲을 벗어나서 '잎새'라는 세부 대상으로 다가서는 노력을 보여주고 있다. 그렇게 하여 시인은 '잎새'와 자신을 동일시하는 것이다. 그러므로 이 시에는 시인의 생을 압축해서 담아내려 하였다. 또한 나무와 잎새의 연관을 통해 우리 생의 순간과 전체의 연관성을 보여주었다. 이를 통해 개인과 사회적 관계를 비유적으로 제시하는 것이다. 그 가운데에서도 시인은 희생의 의미를 반추한다. 떠나기 전에 자신의 마지막 자존감을 지키려 하는데, 그것은 여유롭지 않고, 서둘러 떠나기만 재촉하는 상황을 자연의 순환과 순간으로 비유하는 것이다.

이렇듯이 김영환 시인은 객관적 상관물로 자연의 사물을 수용하여 자아와 세계의 동일성을 추구하는 서정시의 정통적 보법을 펼쳐간다. 그리고 점차 그의 시적 관심은 인간과 사회, 나아가 인간 심리의 깊은 내면으로 다가서는 것이다. 이로써 이 시에는 나무와 잎새의 연관을 통해 우리 삶의 사회적 부분과 전체의 통찰을 보여준다.

걸어온 흔적의 텅 빈 곳
비워내야
더 큰 울림 만드는 거라고

힘껏 당기고

당긴 만큼을 다시 밀어내며
마디들이 서둘러 말합니다.

관계라는 것이
서로를 쉬이 선 긋기 어려워

때를 스스로 찾아
일정의 세월을 잊지 않고
아픔 참아내며 두툼한 마디로 솟아
한 뼘 거리를 정리하는 거라고

내 걸음으로 다시 돌아와
흘러가려는 거
비워가려는 거
그래서
더 채워지려는 거

이제는
생각 하나 돌려놓고 막힘
넉넉히 풀어내면 될 일입니다
- 「대나무」 전문

　　위 시는 '대나무'를 중심이미지로 인간과의 관계를 비유적으로 드러내고 있다. "걸어온 흔적의 텅 빈 곳 / 비워내야 / 더 큰 울림 만드는 거라고"에서는 생의 과정은 비워야 채울 수 있다는 역설로 작용과 반작용을 드러낸다. 사람들 사이 서로의 관계는 선긋기를 어렵게 한다. 선 긋기는 관계를 자르기와도 같은 것이다. 「대나무」에는 삶의 다양한 관계 속에 복잡하고 어려워지는 현실을 수용하려는 내면 의지가 작동하는 것이다.

　그의 시는 이제 사람과의 관계에서 발생한 갈등과 시련을 드러내기도 한다. 그런 점에서 그의 시는 자연을 대상으로 하는 서정의 세계로부터 인간 사이의 삶의 문제로 나아가 새로운 국면들로 전환되는 것이다. 대나무의 형상이 부여해주는 마디와 마디의 상징은 우리 생의 매듭과 새로운 시작의 의미를 함유하는 것이다.

> 며칠 전부터
> 걱정들이 쌓이기 시작했다
>
> 작위적으로 흘린
> 소문을 따라
> 연어들처럼 치고 올라와
> 의도한 양만큼
> 관심들이 쌓여만 갔다
>
> 용현계곡 주차장
> 어둠을 열며 시작된
> 가야산 팔자 종주
>
> 어둠을 헤쳐 해를 띄우고
> 끝내 어둠을 이끌고 되돌아온
> 주차장에는
> 간신히 지켜낸 자존감이 헐떡이고 있었다

걱정들에게 미안해지기 시작했다

오십여 나이 속으로
아직은 감당할 거라던
장담과
고집 하나가 사라져 갔다
                    - 「사라짐에 대하여」 전문

　이 시는 주변 사람과의 관계를 드러내고 있다. 구체적
인 삶의 실상이나 리얼리티가 드러나지는 않지만, 이 시
에 이르면 그의 시세계는 사회적 관계로 접어들고 있다.
「사라짐에 대하여」는 삶에서 경험한 인간 사이의 갈등을
배경으로 하고 있다. "걱정들이 쌓이기", "작위적으로 흘
린"과 "감당할 거라던 / 장담과 고집" 등은 대립을 통해
서 삶의 속성을 드러내고자 하였다. "작위적으로 흘린 /
소문"은 점차 번져감으로써 인간과의 벗어날 수 없는 구
속으로 다가온다.
　시 제목 '사라짐에 대하여'에서도 알 수 있듯이 생의 과
정에서 도래한 순간의 의미를 지칭하고 있다. 이 시는 "
용현계곡 주차장 / 어둠을 열며 시작된 / 가야산 팔자 종
주", "끝내 어둠을 이끌고 되돌아온 / 주차장에는 / 간신
히 지켜낸 자존감", "걱정들에게 미안해지기 시작했다"에
서 알 수 있듯이 주변과의 관계 속에서 자신의 의지조차
그것을 실현하기 어려움에 대하여 표출하고 있다.
　마지막 연의 "오십여 나이 속으로"에서 생의 한 굽이에

도달한 시인의 인식을 제시하였다. 그는 시의 끝부분에 이르러 "아직은 감당할 거라던 / 장담과 / 고집 하나가 사라져 갔다"라고 마무리함으로써 시인의 내면과 의지가 변화의 조짐을 보여준다. 시인이 대상과 자아의 동일성을 추구하는 데서 나아가 자아의 대내외적인 갈등과 대립을 표출하고자 하는 것이다.

꽃은
필 때 예쁘고
잎은
질 때 아름답더라

그 느낌 담으려
다가가 가만히 지켜보면
남몰래
나를 담아가던 꽃들의 반란斑爛

꽃 이야기 어디로 가고
단풍 이야기 지천地天일 때는

세상 어디에도
담기려 하지 않고
나를 담아가는 잎들의 저 슬픔이라니

생각이
생각을 만나 꼬리를 문다

어제의 꽃이

해와 달처럼 피고 피었는데
오늘의 잎사귀는
낮과 밤처럼 지고 지는데

절반쯤 닳은 손금
뾰족이 세워
하세월何歲月 써낼 수 있는 만남이라면

그 인연 하나
그대였으면 좋겠다
그대였으면 좋겠다

- 「인연」 전문

이 시는 '인연'이라는 제목에서도 알 수 있듯이 사람과
의 관계를 중심으로 드러냈다. 시인은 참다운 인연에 대
하여 형상화하고 있다. "꽃은 / 필 때 예쁘고 / 잎은 / 질
때 아름답더라"에서 꽃과 잎의 차별성에 주목한다. 꽃이
필 때 아름답다는 것은 질 때는 그렇지 않다는 것을 암시
한다. 또한 잎은 질 때 붉게 물든 단풍으로 하여 더 화려하
다는 것이다. 이는 꽃과 잎의 속성을 통해 만남과 이별의
순간을 되짚어보고 있다. 즉 시인이 바라는 화려한 만남과
아름다운 이별을 의미하는 것이다. "어제의 꽃이 / 해와
달처럼 피고", "오늘의 잎사귀는 / 낮과 밤처럼 지고"에서
조화로운 만남과 이별의 모습을 제시하였다.

후반부의 시 구절 "절반쯤 닳은 손금 / 뾰족이 세워 /
하세월何歲月 써낼 수 있는 만남이라면"에서 만남의 의미

를 가치 있게 승화시키고자 하는 의지를 엿보인다. 결국 시인은 "그 인연 하나 / 그대였으면 좋겠다 / 그대였으면 좋겠다"로 마무리 지음으로써 그대와의 인연의 소중함을 강조하고 있다. 우리의 만남은 갈등과 대립으로 치닫기도 하지만, 인연이란 우리 삶의 모든 것이라 말할 수도 있는 것이다.

"그 느낌 담으려 / 다가가 가만히 지켜보면 / 남몰래 / 나를 담아가던 꽃들"과 "세상 어디에도 / 담기려 하지 않고 / 나를 담아가는 잎들"에서 내가 꽃을 닮으려는데 오히려 꽃이 나를 담는 표현이 주목을 요한다. 시인이 꽃을 바라보는 입장과 다른 관계로 읽을 수가 있기 때문이다. 그러므로 이제 시인에게 자연은 대상으로서의 자연만이 아닐 것이다. 그것은 시인이 존재하고 있는 현실 기반으로서의 장이며, 시인이 더불어 살아가는 삶의 배경인 것이다.

3.

앞에서 살핀 바와 같이 김영환은 시적 토대를 튼튼히 구축한 시인이라 말할 수 있다. 그의 시적 토대는 사물과의 교감으로 펼치던 서정의 세계로부터 이제 새로운 단계로 나아가며 더 높은 시의 영역을 펼쳐가고 있다고 하겠다. 김영환은 좀더 체계적인 사유의 과정을 통해 형이상으로 나아가는 면모를 보여주고 있는 것이다. 다음의 시에서 그러한 면

모를 잘 드러내주고 있다. 그는 우리 일상의 삶을 "날마다 /
선을 긋는다"는 것으로 비유하여 형상화하였다.

날마다
선을 긋는다

가늘었다가
때론
점이었다가

높고 낮음
짙고 옅음의 아슬한 투영을 호흡하며
일상을
쓰고 지우던 경계를 긋는다

기쁨보다 미움으로
배려보다는 욕심으로 베어져
아프게
흩어졌을 시간들

울음
기웃거린 새벽
나에게 손을 내민다

그어질 수 있는
여백

때론
돌아갈 수 있는 것은

얼마나
다행스러운 일인가

- 「선」 전문

위 시는 김영환의 첫 시집에서 색다른 세계를 보여주는
경우로 파악할 수 있다. 그는 삶의 복잡하고 중층적인 구
조에 대하여 선명하게 선을 긋듯이 접근하려는 의도를 표
출하고 있다. 선은 점의 연장이기도 하고 굵은 중심의 세
분화로도 볼 수 있다. 그러므로 우리 생의 다양한 면들을
함유하고 있는 것이다. 이 시에서 김영환 시인은 그가 쌓
아 올린 시세계의 토대 위에서 생의 본질적인 면을 예리
하게 형상화하는 것이다.

우리 삶의 성실성에도 불구하고 그것은 "가늘었다가 /
때론 / 점이었다가"를 반복하고 있다. 생이란 그만큼 우
리 의도와는 반대로 전개되어가는 것이기도 하다. 그러나
시인은 그러한 상황을 극복하려는 노력을 통해서 "기쁨
보다 미움으로 / 배려보다는 욕심으로 베어져 / 아프게 /
흩어졌을 시간들"을 넘어서 마침내 시 후반에 이르러 "그
어질 수 있는 / 여백"을 발견하는 것이다. 그는 시를 통해
서 새로운 단계로 나아갈 수 있는 지혜를 찾아가는 것이
다. 그리하여 "때론 / 돌아갈 수 있는 것은 / 얼마나 / 다
행스러운 일인가" 라며 시를 마무리하는 것이다. 이 시는
그의 시 가운데 높은 성취도를 보여주는 작품이다. 그리
고 앞으로 그의 시세계에 새로운 전개를 가늠하여 내다볼
수 있게 하는 지점과 닿아 있기도 하다.

첫 시집의 기쁨과 설레임. 그것은 단 한 번 맞보는 것이다, 그러나 시인은 그러한 첫 순간의 열정과 집중력을 평생 간직하고 시를 써야 할 것이다. 그것이 첫 시집이 갖는 의미일 것이다. 김영환이 그러한 자세를 잃지 않고 시를 써간다면 그는 반드시 좋은 시를 성취할 수 있을 것으로 확신한다. 무엇보다 그의 앞날에 시와 함께 하는 기쁨과 축복이 늘 넘치기를 기대한다. 첫 시집 출간을 진심으로 축하한다.

아파도 감사하다

아파도 감사하다

아파도 감사하다

아파도 감사하다